청어詩人選 479

아기 새 한 마리

전근표 제6시집

도서출판 청어

2025년 신년사

을사년 청사의 해가 떠오른 지 벌써 열흘째가 되었습니다.

푸른 뱀은 지혜롭고 현명하며 유연하여 어떠한 어려움도 극복하는 '변화와 새로운 시작'이라는 교훈을 우리에게 줍니다. 또한 12간지 중 여섯 번째 동물인 뱀띠 해의 출생 사람을 호칭하기도 합니다.

한마음 한뜻으로 다짐하고 계시는 재향군인회 동지 여러분!

오늘날 우리 국내 정세는 지난해 갑작스런 12.3 계엄 사태로 인하여 매우 혼돈의 상태를 맞이했습니다. 국민 경제와 시장경제의 침체는 이를 데 없고, 달러화 환율 상승으로 인한 수출산업 악화는 물론 K방산, 원전, 조선, 우주, AI 첨단산업의 경쟁력 약화란 영향을 받아 세계 제10위권의 경제 선진국에서 30위권 이하의 경제후진국 나락으로 떨어지 직전의 절체절명 상황입니다.

3년을 넘긴 러시아와 우크라이나의 전쟁은 북한군의 개입으로 장기전 예측하에 트럼프의 전쟁 종료 입김만 바라보고 있으며, 이스라엘과 하마스 간의 휴전은 문서가 없는 상태에서 혼돈의 국지전이 계속되고 있습니다.

여기에 EU 유럽국가들은 1월21일 집권하게 되는 미국 트럼프 정권의 '자국 보호정책' '자국우선주의'에 따라 자기 국가 방위는 자기가 알아서 하라, 그렇지 않으면 미국에 국방비를 더 많이 지불하라고 억지를 부리고 있는 실정에 있습니다.

쉽게 말하면 미군의 해외 주둔비용을 줄여서, 관세를 많이 받아서, 러시아와 중국의 태평양진출을 막기 위한 일본, 대만, 인도, 필리핀, 호주를 잇는 아태방어선을 구축하겠다는 것이라 할 것입니다.

이러한 시기에 우리 대한민국은 5,200만 민족이 하나 같이 똘똘 뭉쳐 "미군 주둔비를 턱없이 10배 이상 올려주느니, 이제 우리가 자체 핵 만들어 자주국방 하겠다, 철수하려면 철수하라!" 강력 주장해도 모자랄 판입니다. 그런데 하필이면 이 시국에 통수권자 한 사람의 엉터리 비상계엄으로 국민의 가슴속을 태우고 있으니 어찌 하늘을 우러러 통곡하지 않을 수 있겠습니까? 비통하도다! 비통하도다!

지난 1905년 11월 17일 우리 대한조선은 일본의 강압에 못 이겨 민영환 같은 애국자의 체결 반대 할복 자결에도 불구하고, 을사늑약이 체결되어 외교권이 박탈당하고 국권이 송두리째 넘어갔습니다. 성씨 개명에서부터 식량 피탈, 노무자 징집, 위안부 피해 등 헤아릴

수 없는 수모를 겪고 나서도 그 기억조차 잊었는지? 우리 위정자들은 과연 무슨 생각인지? 무슨 꿈을 꾸고 있는 것인지? 슬프고도 애달프도다! 슬프고도 애달프도다! 아니할 수 없습니다.

익산시 재향군인회 회원 동지 여러분!

이러한 국난 극복의 선두에서 최고 최대 국가 안보 역군인 우리 재향군인회는 어떻게 해야겠습니까? 본회 회장께서도 말씀하셨듯이

1. 기동성 있는 조직력의 확충과 일사불란하게 움직일 수 있는 시스템구축

2. 향군의 존재 목적에 부합하는 안보활동 적극 추진

3. 모든 조직과 요원의 홍보 요원화를 통한 위상 재고

4. 자체 수익증대 활동을 통한 어려운 경제불황 타개

등으로 우리 스스로 생존할 수 있는 창조적이고 혁신적인 마인드로 좋은 성과를 낼 수 있도록 하여야 하겠습니다.

끝으로 향군구호인 "We Are the One"을 강조하겠습니다.

그 어느 때보다 어려운 2025년에 최상의 힘은 "One Team" 정신에서 나옵니다. 그래서 우리 구성원들은 "향군이란 지붕 아래 한 가족이 될 수 있다"는 믿음으로 저는 금년 한 해 지휘 역량을 발휘해 나갈 것입니다.

시인이자 철학자였던 니체는 이렇게 노래했습니다.

"파도가 없는 항해는 얼마나 단조로운가? 풍파가 거셀수록 내 가슴은 뛴다"

임직원 여러분! 읍면동회 동지 여러분! 중앙회장 말씀대로 쿵쿵 뛰는 심장을 부여안고 먼바다로 나아갑시다.

큰 고기는 깊은 바다에 있으니 말입니다.

새해에는 뜻하는바 모두 이루시고 늘 행복하고 즐거운 일만 가득하시길 기원하겠습니다.

감사합니다.

2025년 1월 10일 익산시 재향군인회장 전 근 표

시인의 말

시(詩)란?

독자가 묻는다면 나는
"人間 本性에 바탕을 둔 과거의 점철된 삶의 歷史와 현재의 질곡 된 사회 現狀을, 時空을 초월한 自然에 접목하여 바람직한 인간성 복원을 위해 미래를 아름답게 노래할 수 있게 하는 한 편의 言語的 파노라마다"라고 자신 있게 말하고 싶다.

나는 전북 '鎭安'이라는 산 좋고, 물 맑고, 인심 좋은 운장산 자락 부귀산 아래에서 태어나 자랐다. 부모님 슬하에 12남매라는 자녀 많은 외딴집 아홉 번째로 태어난 나는 잊혀지지 않는 어릴 적 기억이 있다. 넉넉지 못한 가난한 생활, 그 생활이 익숙해 지면서 자연과 친숙해질 수밖에 없었고 홀로서기 해 보려는 나의 앞길에는 항상 좌절과 눈물이 앞을 가리기 일쑤였다.

착하고 예의 바른 청년 시절. 한때, 가방끈이 짧다는 이유 하나만으로 열심히 살아가는 나를 멸시와 냉대가 발목을 잡았는가 하면, 靑雲의 꿈을 안고 國家와 民族을 위해 충성하겠다는 信念 하나만으로 軍에 入門하여 24년 동안의 將校 생활하다 몸을 다쳐 전역하기도 했다. 실의에 빠져 희망마저 지워 버려야 했던 그 기억들이 모두가 古稀 중반 넘겨 노쇠해 가는 내 육신 앞에 훌륭한 情神的 스승으로, 가르침으로 승화되어 이들은 내 시 사상의 근본으로 자리매김한 이정표가 되었다. 어릴 적 가난과 시골 생활에서 자연의 아름다움을 배웠고, 배고팠던 눈물 속에서 소박한 미래를 찾을 수 있었으며, 軍 생활의 좌절 속에서 또 다른 희망을 꿈꿀 수 있었기 때문이다. 그리고 社會的 멸시와 냉대 속에서 오히려 사랑과 감사함을 알았고 어려운 이웃과 함께할 '살맛 나는 세상 만들기'에 自神感도 갖게 되었던 것이다.

이러한 삶의 일부분들이 모아져 환갑 나이에 『아버님! 하늘나라 그곳에도 꽃은 피었나요?』라는 첫 詩集을 출간할 수 있었고 이후 『사랑합니다! 아버지』, 『해를 품은 아버님 사랑』, 『하늘을 머리에 이고』, 『별빛 소나타』 등 시집 5집을 출간하게 되었고 한국문인협회를 비롯 각기 다른 문학회와 시낭송회, 시문학회에 가입 문인 활동을 해왔으며 문무를 겸한 작가로서 사회활동으로 상이군경회, 재향군인회, 안보단체협의회, 민주평통협의회에서 일부분 역할을 하다가 나이 들다 보니 이제는 노인회 자문위원, 문화원 이사, 재향군인회 회장으로 봉사할 수 있게 되었음에 감사, 또 감사를 드릴 뿐이다.

이름있는 仙男仙女 선배 시인님들의 힐책이 나의 머릿속을 뒤흔든다 해도 이를 채찍질 삼아 한 조각 구름처럼, 한 떨기 바람처럼 그냥 지나쳐 버릴 뿐이며, 언제나 청량제 같은 향기로움으로 남은 여생은 독자 여러분의 따뜻한 가슴에 다가가는 글을 쓰겠다고 스스로 다짐 해 보면서 나의 마지막 시집이 될지 모르는 이번 여섯 번째 시집이 발간되기까지 시인이 되도록 육성 指導 해주신 고마우신 분들을 기억한다면 다음과 같다.

전병윤 선생님, 김남곤 선생님, 소재호 선생님, 서정환 선생님, 서울의 김해성 교수님과 허만옥 교수님을 비롯 작고하신 이운룡 선생님, 최승범 선생님, 임병찬 총재님, 현재 전북일보 대표 겸 애향운동본부 윤석정 총재님, 친구같이 지내는 류희옥 전임 전북문학관 관장님, 호형호제하며 지내는 안홍엽 형님, 동화작가 안도형님, 《표현》지 조미애 선생 그리고 진안교육장을 역임한 김정자 누나, 《도민일보》 이방희 국장님을 비롯한 출판

사 임직원 모든 분을 기억한다. 또한 지금의 내가 있도록 삶의 길을 인도해 주신 경영의 귀재 하림그룹의 김홍국 회장님과 덕장 표순배 장군님, 용장 이진삼 장관, 윤용남 장군 신말업 장군님께도 진심 어린 감사를 보냅니다.

그리고 이 자리를 빌려 밤늦은 시간까지 나의 옆자리를 지키며 간식을 제공하는 등 항상 용기와 격려를 해 준 사랑하는 나의 아내와 딸, 처형, 처제께도 고마움을 전하고 싶다.

끝으로 인생 황혼기에 느즈막이 좋은 인연 맺어주신 백원탁 회장께도 감사의 인사를 드린다.

眞高　詩人 月瑯 全根杓 拜上

차례

3부 자연 속으로

4부 우리 모두 함께

5부 마음의 고향

6부 죄와 벌

7부 꿈은 이루어진다

1부

나는 누구인가

내 고향 마이산(馬耳山)

우르르~ 쾅, 우르르~ 쾅쾅…
천둥 번개가 진동하니 하늘 열리고
땅이 솟구친다
안개 자욱한 인기척 없는 새벽에
물 폭탄 맞고도 늠름한
하늘 향해 우뚝 솟은 마이산
암수 한 쌍 신선의 몸이 되어
하늘에 열린 파란 창에 흰 구름 내려
허리 감싸니 새 몸 난장한 모습이라
아!
가슴 아래 아기산 품은
두 봉이 하나 된 모습
승천하는 신선 가족 분명하리라
계절 따라 서다산, 용출산, 속금산,
문필봉, 역사의 기록으로 남아
이제 마이산으로 불리며
가까이 하늘에서 큰 사람 내시는
선지동 마을
내 고향 진안 마이산이 눈에 선하다

내 고향 진안 장터

튀밥 기계 풀무질하시던 할아버지
황색 깃발 흔들며 "귀 막아요!"
휘익~ 휘익
호루라기 소리 요란하다
가무잡잡한 모습의 뻥튀기 아저씨
한 손으로 기계 손잡이를 잡고
푹팟~ 푹팟 누르며
한 손으로는 뻥튀기 과자 하나 집어
지나는 사람마다 내미신다
"하나 잡숴 보세요… 맛있어요"
되는대로 땅바닥에 펑퍼짐히
주저앉은 아줌마들
한 됫박, 두 됫박 고봉으로 샘을 새며
"값일랑 깎지 마세요" 한다
"떨이, 떨이~ 마지막입니다"
"살림에는 눈이 보배요"
"기회는 자주 오는 게 아닙니다"
생선가게, 과일가게…
여기저기 고함 소리다
찰그락~ 찰그락, 째깍~ 째깍
엿장수 가위질 장단에,

걸쭉한 막걸리 한 잔에,
순댓국 한 사발에
뚝배기 사발만큼이나 더 큰 정 담아
덤 주고 값 깎는,
사람 사는 맛을 나눈다
구레나룻에 삶의 덧모자 눌러쓴
고향 진안 시골 장터
정 많고 순박한
그들 모습에서
내 고향 맛 가슴이 뭉클하다

산사 가는 봄 길

바람 잔잔한
山寺 가는 길목
산자락이 봄빛으로 환하다
밭고랑 따라
봄 캐는 아낙들
바람에 날리는
웃음소리가 곱다
봄바람 마중 나온
실개천 소리 따라
찾아간 山寺 양지쪽
지난 세월이 녹아
햇살에 젖어
산수유 노란 손이
어느덧
고희 넘어선
내 발목 꼬~옥 잡는다

보름밤 산사에서

설날 지나 정월 대보름
입춘 지나 열셋째 되는 밤이다
어쩌다 찾는 작고 조용한 암자지만
오늘 밤 선방에 비치는
쟁반 모양 달빛이 유난히 밝다
휘영청 밝은 빛, 숙연한 모습
스치는 바람에 놀란 처마 끝 풍경
"살 그랑 살랑, 살 그랑~"
해맑은 소리로
고요 속 적막을 새롭게 깨운다
늦은 밤 스님과 마신 차향에
나 아닌 내 모습 뒤로하고
도량 뜰 잔디 위
석탑 옆에 친구 되어 섰다
본래 내 모습 허물 덩이
껍데기 일진데…
코끝 스치는 차가운 바람
업보에 싸인 육신 헤집고
심장까지 파고들어
온화함이 가슴을 적신다
산사에 비친 대보름 달빛

칠순 넘긴 초로 맞아
덧없이 살아온 내 그림자 위에
먼발치 석탑 그림자마저
그림자 또 하나 그리고 있다
업보 따른 윤회로 포옹하며
"자비심으로 살라" 한다
산사에 내려앉은
휘영청 밝은 달님
부디 자비, 은덕 베푸소서
소원성취, 만사형통 이루소서
"나무아미타불 관세음보살"

깊은 산속 옹달샘

진안고원의 부귀산 해발 700미터
산행하다 우연히 만난
고림사* 깊은 산속 옹달샘 하나

그리 작지만 목 축이기에는
충분한 맑은 샘물
너무 기쁜 마음에
두 손바닥 가득 담아 마셨다

숨을 돌리고 난 후에야 산신령께
고맙다 인사를 하고
신원한 산바람에 쓸려온 가을을 보며
내 마음 더욱 시원함을 느꼈다

아침 일찍 일어난 토끼가
목을 축이고
산새들 날아와 몸을 씻고
밤에는 온갖 풀벌레 찾아와
헤엄치며 춤을 추었을 옹달샘

자연이 좋은 까닭 알게 해준
깊은 산속 옹달샘 생각에
돌아오는 길이 한결 가볍고
멀어져간 옹달샘이 마냥 아쉽다

*고림사: 태곳적 작은 암자

2부

부모님 은혜

부모님 전 상서

부모님께서 세상 떠나신 지 어언 20여 년
이 몸 살아 칠순이 지나서야
자식 된 도리 알았습니다
살아생전 날 낳아 길러주신 부모님 은혜
어이 잊겠습니까만
자식들 부모님께 생전 효도한다지만
그것은 모두가 거짓말이었습니다
아버님 어머님 용서하십시오
구부러진 허리에 발등은 휘어지고
검버섯 얼굴에 거북손을 보고서도
제대로 한번 잡아 드리지 못했습니다
죄송합니다 용서하소서
세월 흘러 부모님 아니 계시니
이제야 땅을 치고 하늘 보며 눈물 흘린들
무슨 소용 있으오리까
살아서 효도하란 말 이제야 알았습니다
아버지! 어머니! 아무리 소리치며
불러도 대답 없는 메아리뿐
꿈에도 뵈질 않고 뉘우침만 밀려와
이제 그 누구에게 효도하오리까

불효한 이 자식 용서하소서 용서하소서
잡초 우거진 묘소 찾아 후회할 뿐입니다
아버지! 어머니!
하늘나라에서 행복하소서 두 손 모읍니다

아버님! 하늘나라 그곳에도 꽃은 피었나요

아버지
생전의 모습이 그립습니다

어느 날 빈손 쥐고 화사한 미소 지으며
꿈길에 나타나신 아버지
말씀은 없으셔도 저는 압니다
우애하고 사랑하며 살라는 그 뜻을

손수 초가삼간 집 짓고 사립문 엮어 날며
십이 남매 날개를 키우면서
사랑과 우애를 가르치시던 아버지

참숯 가마에 날밤 태우시며
마당에 콩대 널어놓고 도리깨로 가을을 터시던 아버지

샘물 사발에 소금 풀어 배 채우시던 모습
아버지의 힘든 세월이 원망스럽습니다
그러나 그 모습에 아버지의 은혜 너무 크고 깊어
살아생전 가꾸시던 뜰 안에 꽃이 만발하였습니다

오늘에야 불효자식 지금 계신 하늘 바다에 가슴만 치며
눈물 마른 그리움으로 아버지! 아버지를 불러 봅니다
하늘나라 그곳에도 꽃은 피었나요 아버지! 아버지…

사랑합니다! 아버지

아버지!
춘하추동 사계절
비바람 폭풍우가 불어도
엄동설한 눈보라가 휘몰아쳐도
날 낳으신 어머니 붙잡고
꿋꿋한 모습으로 자식들 사랑하셨던 아버지
배고파 허기질 때면 새벽잠 깨어 사립문 박차고,
쪼들린 삶에 지친 모습 숨기려고
늦은 저녁에야 집에 오셨던 아버지
이 자식 그 크고 깊은 뜻을 이제야… 이제야…
아무리 불러도 불러도 대답 없는
이제야 알았습니다
아버지~ 아버지~~ 아버지~~~
당신을 불러 보며
하늘만 우러러 눈물짓고 있습니다
사랑합니다 아버지!
사랑합니다 아버지!~~~

해를 품은 아버님 사랑

아버지! 온통 세상이 춥습니다
아버님의 따뜻한 체온이 그립습니다
살아생전 다정하고 인자하셨던 아버지
십이 남매 낳으시고 누구 하나 못될까
그렇게 감싸 안아 사랑해 주셨던 아버지
이제 그 숫자 반토막이 되어서야
아버님 작은 사진 한 장 가슴에 안고
그 크신 사랑을 느껴본답니다 아버지

아버님! 생전 모습이 그립습니다
꿈속에서라도 보고 싶습니다
넓디넓은 가슴에 안겨 실컷 울고 싶습니다
해를 품은 사랑을 느껴보고 싶습니다

하늘나라 그곳은 춥지 않으시지요?
생전에 거북등처럼 갈라졌던 손 한 번 잡지 못했던
아홉 번째 불효자 이제야 눈물로 아버님을
불러 보고 있습니다 아버지! 아버지!~

아버지 아버지 용서하소서 용서하소서
아버님 사랑합니다 영원히 사랑합니다! 아버지…

어머니의 기다림

혹시나
개 짖는 소리에
창문을 살며시 열어본다

늦은 밤
까만 하늘에
쏟아지는 거친 소낙비 소리
그 소리마저 미웁다

창문 밖
흠뻑 젖은 모습으로
지나쳐 가는 행인들
행여 무거운 책가방 둘러맨
단발머리 딸아이는 아닐는지

금방이라도
그냥 비 젖은 채로
대문 열고 들어섬 얼마나 좋을까
가슴만 콩닥콩닥

기다림에 지친 긴 한숨
부앙~ 자동차 소리에 놀라
이제 동동동 발을 구른다

어머님을 떠나보내고

한세상 지나고 나면
세월이 약이라 늘 말해오신 어머니
슬픔만 가슴에 묻은 채
멀리 하늘나라에 가셨습니다
가랑비에 옷 젖어 들듯
사무치며 흐르는 슬픔은
산을 내려올 때야
온몸이 천근만근임을 알았습니다

살아생전 하루라도 옆자리
지켰던들 조금은 가벼웠을 것을
어머님을 떠나보내고서야
내 빈 가슴 돌덩이 된 듯 무거워져
한없이 하늘이 노랗게 울면서
"효도는 내일이 있는 게 아니라
오늘이 있을 뿐"임을 알았습니다
어머니 어머니 불효자를 용서하소서

참새 떼 어머님 마음

뜰 안에 푸른 잔디
모여드는 참새 떼
지지배배 지지배배

참새에게 좁쌀 뿌려주시던
어머님 모습
새하얀 모시 적삼 눈이 선하다
왠지 배고픔 채워주시던 어머님
봄이 가고
여름이 가고 가을이 와도 어머님이 그립다

빨랫줄에 앉아계신 어머니

앞마당에 아빠가 매어준 빨랫줄
장마 지나고 뙤약볕 드는 날이면
어김없이 빨랫줄 위엔 어머니의
눈부신 하얀 손이 걸쳐 앉는다

허리 굽어 키 작으신 어머니
긴 장대를 받쳐 들고 그도 모자라
몽돌 주워다 고쳐 세우길 한두 번
하얀 빨래 위 내려앉는 어머니
하얀 햇살보다 더 하얗다

밤새워 삶아 시꺼먼 게 희도록
쥐어짜며 깊은숨 내쉬고
빨랫줄 높은 자리에 앉아 계신다

자식 알까 모를까
까만 눈에선 하얀 이슬이 맺힌다

3부

자연 속으로

봄눈

꽃잎도 함박눈도 아닌 것이
손에 잡힐 듯 말듯
허공에서 하늘하늘 봄 춤추며
하늘 가득 지고 있는 꽃눈
겨우 내내 메말랐던 가지
꽃눈에 꽃눈이 스며들며
생명의 깊은 잠을 깨운다
실바람 타고 너울너울 내리는
하얀 꽃눈 송이송이
매화 꽃망울 찾아와
살며시 포옹하며 입술을 연다
가는 겨울 못내 아쉬워
시샘하는가?
눈 속 헤집고 부풀어 오른 가슴
연분홍 관현악 울려 퍼진다

하얀 목련화

엊그제는 아기 새 부리
보송보송 깃털 보이더니
이제는 수줍은 새색시 속살
송이송이 내밀어 봉곳봉곳
봄의 화신 향기 날리고
아침이슬에 천상의 윙크로
잎보다 먼저 피어
우아한 자태 부드러운 손길로
이룰 수 없는 사랑을
목마른 가지 끝에서 하얗게
하얗게 사모하고 있다
사모합니다, 하얀 목련화

쑥의 마음

찔레꽃 피는 언덕
여린 쑥 뜯어 풀 향기까지
된장국 끓이고

송송송 버무리 개떡 찌다가
옛 생각에 가슴이 울컥

쑥빛 청자 눈이 부시게
어른거리는 어머니 얼굴

아! 쑥의 마음 이리 좋을꼬

찔레꽃 소나타

높지도 않은 낮은 언덕배기

가시덩굴에 매달려 핀

작은 꽃송이 하얀 찔레꽃 무리

청춘을 노래하고 향수에 찔려

사랑의 소나타 울려주던

하늘나라 아기천사 하얀 면사포

둔치에 핀 민들레꽃

파란 토끼풀, 쑥 나물 사이
피어난 샛노란 민들레꽃
해님 맞아 길가 둔치에
화사한 봄빛 양탄자를 깔았다
겨울잠 털고 날아온 벌 나비
방울 봉긋 갓 피어난
샛노란 어린 꽃잎 사이사이
해님보다 먼저 숨어
꿀 초롱 뒤집느라 정신이 없다
이꽃 저꽃 윙윙~~
꿀 훔치며 날갯짓하다 들키면
금세 노~란 분칠로 변장하고
다리 끝 꽃가루 무거워
손이 발이 되도록 흔들며
호들갑 떤다
봄 향 관현악에 가슴 연 길손
어느새 한 맘 되어
샛노란 민들레 양탄자 위에
봄 춤추는 벌, 나비 모아놓고
좋아라~ 손뼉 치며
초롱초롱 눈망울로 봄을 찍는다

재스민 꽃향기

새벽이슬에 몸 씻고
단장한 하얀 다섯 꽃잎
자색 쟁반 위 재스민 꽃나무

바람결 코끝 스치는
향기에 취해 흥얼흥얼
술타령 절로 나오네
"하늘은 네 것이요
땅은 내 것이라"
"허 고래 하품하는 소리"
"그냥 한잔혀"

꽃잎은 하나둘
님 찾아 진선미 되어 날리고
님 떠난 텅 빈 자리에 향기만 가득
아! 꿈에서라도 품고 싶은 향기여
내가 사랑하는 재스민 향기

봄부터 가을 중반까지 비교적 오랫동안
가냘픈 작은 모양의 4~5개 꽃받침처럼
보라색과 흰색으로 뒤섞여 피어 강한 향을 내뿜는
재스민 꽃나무를 나는 유달리 좋아한다

꽃이 피는 기간 동안 가까이 다가서면 코끝을 스치며
파고드는 꽃향기를 좋아하는 이유는
바람이라도 부는 날이면 현관 앞까지 살랑대며
손짓으로 표정으로 몸짓으로 바람으로 다가오는
형언할 수 없는 향긋한 꽃향기가
머릿속 깊게 스며들기 때문일 게다
나는 많은 꽃향기 중에 유독 재스민 향기를
사랑한다 사람도 가까이 보이지 않아도 밤이든 낮이든
언제나 은은한 재스민 향기가 가득하면 좋으련만
그렇다면 우리도 우리 모두를 사랑하게 되지 않을까?

선유도에 핀 무궁화

몇몇 지인과 함께 찾은
새만금 방조제 입구 선유도
신선이 깜짝 놀라 머물다간
그 외딴섬
운무의 베일 속에
꽃나무 한 그루
무궁화꽃이 활짝 피었다
옹기종기 어촌 마을
입구가 훤하다
외딴섬 선유도에 핀 무궁화
잊혔던 슬픈 기억들
뱃고동 소리처럼 다가와
내 가슴 쿵쿵쿵 매질을 한다
아아! 다짐을 한다
조상의 숨결이 살아 있는
나라꽃 무궁화를 사랑하리라

아기 새 한 마리

숲길 찾는 아기 새 한 마리
창문 없는 둥지 잡고 날갯짓하며
세상 사는 연습을 하고 있다
나무 잎새에 방울방울 맺힌
영롱한 햇살 쪼며
노란 부리 입 밖에 내는 소리가
숲속을 울린다
내 어릴 적 문턱이 닳도록
들락거렸을 고향 집
걷기를 배우고 뛰기를 배웠다
그러다 어느덧 지금
배운 것 다 잊고
천방지축 쏘다니며
풍진 세월의 모자를 눌러쓰고 산다

도랑물의 꿈

졸졸졸 도랑 길을 따라
물이 흐른다

많지도 않은 그리 적은 물이
골을 이루어 고였다 흘렀다
끊기지 않고 제 길을 간다

웅덩이는 채우고
절벽에서는 줄타기를 하며
지금보다 더 낮은 곳을 향해

낮엔 해에게 밤엔 달에게
기대지 않고
해와 달, 별, 바람 친구삼아
조용히 흐르고 흐른다

흐르다 농부 손도 씻고
아낙네 걸레도 빨며
쉼 없이 흘러 흘러서
대지를 적셔주고
끝내 바다에 이르러 소금물이 된다

나무의 길

가녀린 새싹
지구를 뚫고 서서
창공을 휘~휘저으며
큰 소릴 친다
내 가는 길 저리 비켜라

자랄 만큼 자라면서
그래도 혼자 가고 있다
하늘을 꿰뚫고서~뚫고서

나에겐 꿈이 있다
희망이 있다
자유가 있다
살아 있어 행복한 나무의 길

가을밤의 서시

몰래 부는 바람 서늘하여
열린 창문에 턱 받혀 세우고
까~만 밤하늘 하염없이 바라본다

어디선가 가까이 들리는
풀벌레 소리
흐르는 구름 사이 별빛도 높다

동구 밖 개 짖는 소리
구름 속 초승달 따다
같이 놀잔다

으스름 달빛에 숨어
얼굴 내미는 희미한 별들
긴 밤 서럽게 붙들고 있나

어둠 밝힐 정의의 횃불 언제 밝히랴

깊어 가는 가을

하늘은 높고 푸르다
하늘길 따라가는 기러기 떼
한 폭의 그림이구나

옷깃 스치는 서늘한 바람
저 멀리 하늘 바다에
하얀 쌍돛대 깃발 달고
하얀 햇살은
텅 빈 내 가슴에 파고들어
골골이 삶의 바다에 파도를 친다

까치밥 달린 감나무 아래
돌담길 따라
흐드러진 코스모스
온몸 휘날리며 내 품는 향기는
지나가는 나그네 발길을 멈추고

꽃잎 된 샛노란 은행 이파리
떠난 님 못내 아쉬워
부스럭 소리로 만남을 기약하고

돌 틈 사이 헤집으며
슬피 우는 귀뚜리도
가는 가을 못내 아쉬워
가을아 어서 가라 독촉이다

아~ 아~ 내 코끝에
내 눈가에
가을이! 가을이 영글고 있다
아~~ 가을이 깊어만 간다

가을밤의 신음

귀뚜라미 소리에
소쩍새 운다

어이 할까나
잠 못 드는 밤

까만 하늘에
별빛만 초롱초롱

낙엽 하나
바람 따라와
너도 울고 나도 운다

아! 천길만길 나락에 지는
가을밤의 신음 사~그르르

슬피 우는 마지막 갈잎 하나

동지섣달 해 질 무렵 깊은 산중에
바람에 나부끼며 슬피 우는 갈잎 하나
앙상한 가지 끝에 매달려
잡은 손 놓지 않으려 발버둥이다

먼저 떨어져 까만 썩은 나무 둥치 곁에
소복이 쌓인 숱한 친구들 보며
한순간 바람에도 매인 몸 놓칠까 걱정이다

돌 틈 사이 어설피 걸터앉은 친구들
부는 바람에 부스럭~부스럭대며 하늘을 향해
친구야, 손 놓지 마! 손 놓지 마라! 아우성이다

마른 가지 끝 매달린 마지막 갈잎 하나
저 멀리 산등성이 올라탄
부챗살 틈새의 석양 노을을 보며
팔랑~팔랑 고독한 모습으로
사그랑~사그랑 먼저 떠난 친구 생각에
팔랑~팔랑 소리 내어 슬피 울고 있다

4부

우리 모두 함께

삶의 소나타
—딱따구리

또르르 또르르
썩은 나무가
허공을 치며 내는 소리다

쪼는 부리가 미워
너무 아파
울부짖는 소리다

너는
굼벵이를 찾는다지만
나는 쇄골이 부서져

세월아!
내 울음소리 들리지
푸른 숲 사이 사무치며 흐르는
천상의 소리

또르르또르르 또르르~~~ 딱딱

눈이 내리네

하늘하늘
눈이 내린다

인연 길 스치던
겨울날

산마루 굽이진 허리
소복소복

솔숲 가지마다
점점 흰색

맑은 맘 텅 빈 가슴
영혼은 부자였다

그리움 쏟아지는
빈 하늘

하얗게 하얗게
눈이 내린다

우리 모두 하얀 솜이불을 덮는다

철새의 길

호수 위에 줄지어 나는 백로무리
잔잔한 물결이 인다

푸른 숲 사이 길을 헤치며
하늘길 찾아가는 모습
나르는 질서가 황홀하다

파란 하늘에 하얀 백로 ^^모습
질서 앞은 리더가 있다

선두 바꿔가며 먼 길 가는
그들 누가 아름답다 하지 않으랴

그들을 미물이라 칭하며
만물의 영장이 탓할까 두렵다

자연의 순리 뒤에 자유와 평화가 있다

겨울에 바라는 향기

봄 향기가 진할까?
여름 향기가 진할까?
가을 향기가 진할까?
아니야 봄보단 여름이 더욱 향기 진할걸
아카시아, 장미꽃, 진한 꽃 내음 있으니까
아니야 아니야 여름보단
봄 향기 더욱 진할걸
연둣빛 풀내음과
향긋한 매화, 진달래꽃 있으니까
아니야 아니야 아니야
가을 향기가 더더욱 좋을걸
장마 걷힌 뒷자락에 오색 단풍 불타고
푸른 하늘에 황금빛 들녘 풍성한 과일
향기 있으니까
봄 향기도 좋다
여름 향기도 좋다
가을 향기는 더더욱 좋다
그러나
겨울 향기는 봄 향기보다,
여름, 가을 향기보다 진했음 좋으련만…
가을에 중산층이 무너졌다

중소기업 도산하고, 실업자 늘고
주식 폭락으로 자살자가 늘어났다
선배, 선열들이 쌓은 업적
선진 대열 낙오할까 두렵다
우리는 바란다
봄, 여름, 가을 향기보다
춥고 눈 내리는 겨울 우리 모두 따뜻했으면 좋겠다

가로등 불꽃

하나 둘 어둠 따라
깊은 밤 활짝 피는 꽃

향기는 없어도

밤새 뜬 눈으로 빛을 밝힌다

해님의 환한 얼굴에
조용히 눈을 감는 너

덜도 말고 더도 아닌
너만큼 꽃 피우고 싶다

어둠의 천사 가로등 불꽃

초승달

해 저문 서쪽 하늘에
황금빛 실눈썹 하나
어둠 찾아 선잠 깬
아기천사 눈망울일레라
지친 몸 나를 불러
방긋방긋 윙크를 한다
"고마워", "감사해" 고운 네 마음
깊은 어둠 열 밤 지나면
둥두렷 네 앞가슴엔
계수나무 옥토끼
혹시나 내 생애
바람 불고 구름 가리면
못다 핀 내 푸른 꿈
너라도 그려주렴
그때 우리 소원 들어주게나

술

한잔 들다 보니
하늘은 네 것이요
땅은 내 것이로다
허허 무슨…
고래 하품하는 소리
그냥 한잔혀…
술이란 취하게 마시고
취하지 않는 것이여~

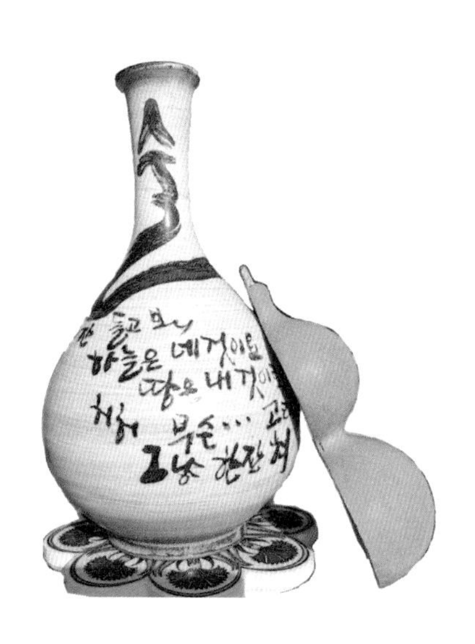

갖고 싶은 詩 항아리 하나

시원한 청량제일까?
구더기 굼실대는 글 장난일까?
요즘 시인의 시 묵을수록 향기가 없고
향긋한 참맛이 없어 독자는 허기가 넘쳐
배고파하며 고개 돌리고 혀를 차고 있다

시공을 초월한 자연이 인간 본성이요
선한 아름다움이 감성의 진 선 미 일진데
끔찍한 에로스 사랑으로 변해 꿈틀꿈틀하는,
바라보기만 해도 듣기만 해도 심장을 울리는
깊은 향기 진동하는, 묵을수록 향기가 나는
詩 항아리 하나 갖고 싶다

희로애락과 생로병사의 참맛 풍기는
질곡된 경륜의 역사가 담겨진 詩 항아리
이런 항아리에 풍덩 빠져 허우적이고 싶다

그 숨결 그 향기 너무 좋아
그 감상에 취해 남몰래 주정 부리고 싶다

그리움

눈을 뜨고 보니 핸드폰에
짤막한 사연이 와 있었습니다
읽는 순간 가슴이 아파왔습니다
내내 그 문자를 바라보며
녹아내릴 듯 사무치는 그리움은
찡한 내 두 눈가에 끝내
이슬방울을 맺히게 하였습니다
"그리워요 보고파요 사랑해요"
자주 들려주는 그 사연은
외로운 나에게 천사가 들려주는
희망의 목소리였습니다
"그립습니다 그대를 사랑합니다"

갤러리 차 한잔

한적한 시골 길가 가든
대통밥 맛에 정신 팔리다가
별빛이 밝아서야 찻집에 들렀다
차향을 앞에 놓고
우정을 키우고
시시비비 인생사 길을 찾다가
밤 시간 다 놓친다
놓친 밤 찻잔 속에 다시 살아나
멀리 지나간 시간까지 불러들인다
사랑의 진액을 돋운다
한잔의 찻잔 속에
우정과 사랑, 인생이 함께 녹아 있다
둘이서 차 한잔 함께 마신다

그곳에 가보고 싶다

그곳에 가보고 싶다
금강 상류 시원한 물소리의
옛이야기 구수한 그곳

저녁놀에 백로가 새끼들 데리고
하늘길 가면서 도란거리는
한가한 이야기 소리 들리는 그곳

어머니의 호미 끝에 묻어나는
땀방울이 세간을 늘리고
날 시인(詩人)까지 밀어 올려준
텃밭이 있는 그곳

물속에 깊게, 깊게 잠들어 있는
고향 집에 가보고 싶다
어린 꿈이 자랐고
또 꿈을 묻어놓고 나온 그곳

상전이 벽해되듯 벽해가 상전 될 날 있으리
아주 먼 훗날이라도 그곳에 꼭 가보고 싶다

하늘을 머리에 이고

세상이 어두우면
하늘은 해와 달과 별들을
가득히 이끌고 오지
더 어두워 봐
별들은 더욱 초롱초롱 빛나지

하늘이 제대로 머리 위에 뜨면
지상은 비로소 길이 열리고
숲들은 일렁이기 시작하며
호수들도 수면 위를
아름다운 음표로 반짝거리지

사람 산다는 게 별거야
시시때때로 번져오는
하늘의 말씀을 귀담아듣고
지상에 사무치며 흐르는
바람결에 몸을 맡기는 거야

세상이 어두울수록 우리들 눈빛을
더욱 반짝거리는 거야
하늘을 머리에 이고…
하늘을 머리에 이고…

익어가는 행복

허리는 구부정하고
걸음걸이가 편하지 않아도
눈이 잘 뵈지 않아 돋보기를 썼어도
기억이 가물가물해도
말솜씨가 좀 어둔해도
일등 싸움 하지 않아 좋고
시키는 사람 없어
내 할 일 내가 하고

먹을 게 좀 부족하면 덜 쓰고
젊어 못 한 각시 사랑 더 해주고
아내 손잡고 산책도 하고
읽지 못했던 책도 읽고 글도 쓰고
취미도 배워보고
믿음도 가져보고
늦게 자고 늦게 일어날 수 있으니
이 얼마나 좋은가?

하루 세 끼 먹다 두 끼 한 끼 줄여지면
처음 온 데 가는 이치 알았으니
마음의 보시 공덕 익어가는 행복이라

죽어가는 연습 끝에 편안히 가는 것이
제일 행복 아닐는지
쉬었다 가는 인생 나를 찾아보시게나
옆구리에 아내 있다면 얼마나 좋을 건가
아내 앞에 가는 것이
나이 든 늙은이 가장 큰 행복이라네

웃으며 살자

아침 일찍 일어나
잠자는 가족 얼굴 번갈아 본다
고생하는 아내 보며
"여보 고마워" 감사해 웃는다

그리고 바로 옆
새근새근 잠든 딸 보며
"어쩜 이렇게 닮았지"
"붕어빵 따로 없네" 하며 신기해 웃는다

화장실 들러 거울 보며
"여기 이놈은 누구" 으하하하!
저 보고 웃고

밥상머리 모인 가족
"서로 좋다" "밥맛 있다"고
서로 칭찬 깔깔 웃는다

출근길 서로 "잘 다녀오라"고
퇴근길 서로 "수고했다"고
현관문 앞 반기는 가족들
이마엔 뽀뽀 손등엔 키스를

아! 우리 모두 살아 있음에
감사하며 서로 웃고 웃는다
욕심도 없이
배꼽아 빠져라 웃고 웃는다

으하하하 으하하! 웃으며 살자!
으하하하 으하하! 웃으며 살자!

5부

마음의 고향

섬 하나 세운다

섬 하나 어둠 속에 세운다
푸른 얘기들이 하얗게 부서지는 언저리
적막의 심지로 서서
새와 바다의 물고기에게
귀는 내어주고 가슴을 멍들게 하는
섬 하나 무상의 복판에 세운다

세상 모든 것들 되돌아온다지만
어젯밤 별빛은 오늘의 빛이 아니다
어둠을 끌어다 놓고야
스스로 목숨이 다하는 별
수많은 모순의 아우성으로 들떠
전설로 떠돌다가 굳어진 섬 하나

떠난 것들은 흔적이 없고
오는 미래를 맨 시작처럼
미지의 존재를 빼대 세워
암굴 하나 뚫어볼 모양으로
짱짱거리는 내부의 신비한 울음

아메바성 미생물이 눈을 막 뜨고
생명의 바탕인 어둠 가운데서
원리의 빛을 고이는 섬 하나
바다라고 일러온
무지와 야만의 바탕 위에
섬 하나 고요히 우뚝 세운다

마음의 고향

하얀 햇살 내리고
바람도 구름도 잠든
청솔 향(香) 짙은 한적한 산허리에
물소리 새소리
풀꽃 내음이 그윽하다

건너편 암벽(岩壁)은 태고(太古)의 삶이던가
길 잃은 기러기(野鳥) 한 마리
안개 노을 동여맨 구름 위를
이리저리 하늘길 날다 고향 집을 찾는다

어디선가 들려오는 아기 새 울음소리
두 귀를 쫑긋 세워 갈색 풀섶에 묻고
칠순 넘은 노파의 기억을 더듬게 한다

방울방울 영롱한 감로(甘露) 헤치며
천경(天鏡) 아래 조약돌 맴도는 낮은 곳
아! 이곳이 아! 이곳이
더함도 덜함도 없는 무아(無我) 속 자아(自我)
내 마음 고향(故鄉) 아니었던가?

사는 동안에

우리 사는 동안
햇살같이
밝기만 바랬었지

푸른 호수에
잔잔한 물결 일고
갖은 풍파 있던 날들

그나마
지금의 내 모습
이웃이 있어
감사와 사랑 함께 했었지

지난날
겹겹 산 너머너머
접어둔 숱한 사연
그림책 보듯
시린 눈 애달기만 했었지

이제
그 또한 추억이요
한 자락 그리움이었던 것을
부질없이 부풀었던 꿈
황혼이 드리운 석양에
강물 속에 함께 살자 하네

본래 모습 그대로

하늘이 열려 새 생명 받았는가
힘찬 아기 울음 부모 은혜
스쳐 간 세월 갖은 풍파 입혔구나

본래 모습 아닌 얼굴로 살고 죽고
시작도 끝도 없는 참회(懺悔)
본래 지수화풍(地水火風)인 것을

허공 속 허우적대는 모습에
일월(日月) 성신(聖神)이 비웃는다
천지 만물이 진노한다

광활한 우주 속 파도는 바다를 치고
아~ 일순간 지구촌 인생극장
골골이 계곡물 강이 되고 바다 된다

침묵 속 야망을 훔치려는가
천지가 요동친다
균형 속 일탈은 하늘의 이치

덜 함 속 풍요가 있고
넘침 속 고통이 있다
본래 모습 어디에 있는가?
내 있는 곳 그냥 地水火風인 것을

인생사

옳다
그르다
따지지들 말게나

옳다고
그르다고
세월 지나
변치 않는 것 어디 있던가

이제나저제나
우리 서로
사랑하며 사세나 그려

내 자리 어디메뇨

산 사나이 엄홍길 씨는
에베레스트 8회 등정을 마치고
산이 있어 오른다 했다
산이 나를 부른다 했다
숱한 사람들이 산을 오른다
어차피 내려갈 줄을 알면서도
삶의 터전이었기에
내려가기 위해 오르고 있는 것이다
내려가
내 낮은 자리를 찾은 후에야
산을 안다
성철스님은
"산은 산이요 물은 물이다" 했다
고려 말 나옹스님은
"쇠똥불 헤치며 감자 구워 먹는 맛"
을 노래했다
어느새 깊은 산중 날빼기에
작은 정자 하나 있어
잠시 쉬었다 가라 한다
정상에 올라 보니 보이는 건
굽이굽이 걸어온 길뿐

산자락 끝이 자욱한 안개에 덮여
내려가 앉을 내 자리 뵈질 않는다
내 자리 어디메뇨
안개 걷힐 날을 기다려 본다

눈을 뜨면 세상을 봅니다

누가 들어 주지 않아도
깊은 산골짝 물은
졸 졸 졸 소리를 냅니다

맞아 주는 이 없어도
허허벌판 들국화는
짙은 향기를 내뿜습니다

누가 가꿔 주지 않아도
폭풍우 엄동설한에
나무는 자라 열매를 맺고

보아주는 이 없어도
뙤약볕 폭염 속에
들풀도 꽃을 피웁니다

눈을 뜨면 세상을 봅니다
나는 눈을 뜨면 세상을 봅니다

가까이 있는 행복

마음 비우고
맑은 하늘 한번 바라보라
욕심 버리고
높은 산, 깊은 숲속에 안겨보라
그것도 아니면
분노를 누르고
파도가 넘실대는
넓은 바다에 풍덩 빠져라도 보라
한낱 인고의 피땀이
바람에 날려
왔다가 사라지는 파도 위에
하얀 한 조각 뜬구름 아니었던가?
오색 무지개를 쫓던
동네 철부지 아이들의
진실이 가까이 있었던 것처럼
우리의 행복도 가까이 있다네
아주 가까이에 행복은 있다네

아침기도

동녘의 여명이 어둠을 헤집기 시작하고
찌지 배배~ 찌지 배 배
찌~지 찌지~찌배배
창밖의 해 맑은 제비 식구들 곱게 지저귈 때
나는 설 읽은 새벽잠 깨어 두 손을 모읍니다
하나님! 감사합니다 감사합니다
오늘도 살아 숨 쉴 수 있고…
밝은 새날을 맞이할 수 있어…
그리고 좋은 하루 시작할 수 있음에…
지금까지 죄짓고 살아오며
수 없이 받아 오기만 했던 도움들
남은 삶 동안 얼마나 베풂으로 보답하며
살아갈 수 있을 것 인지…
하나님! 용기와 힘을 주소서
새길 찾아 많은 사랑 은혜 베풀게 해주소서
오늘도
모든 생명 귀히 여기고
세상을 사랑하며 모든 이 안식처가 되는
사랑 넘치는 깊은 산 속 옹달샘이 되게 하소서
가는 길 험난해도 남은 삶 얼마 되지 않아도
날이면 날마다

동녘의 아침햇살 밝게 비춰 주소서
밤이나 낮이나 온갖 산새와 동물들의
생명수가 되는 깊은 산 속 옹달샘이 되고
매년 봄이면 찾아와 지저귀는
새벽녘 창밖의 고운 제비울음 소리 듣게 하소서

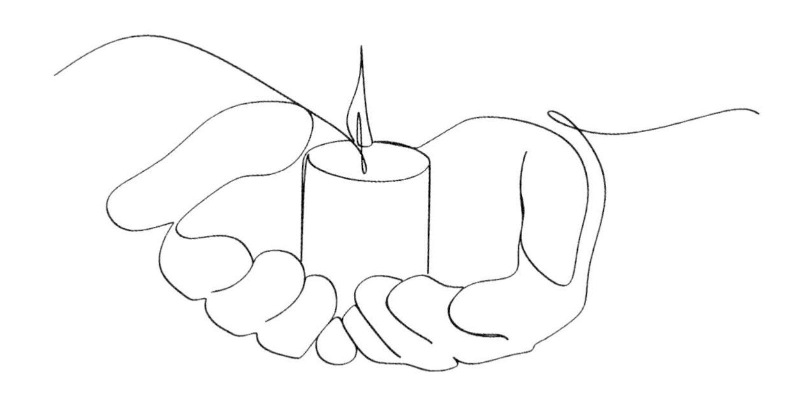

일인재목본(一人才木本)

하나의 작은 點(원소)이 시작하여
線이 되고 圓이 되듯이
小 宇珠인 우리 사람(人間)은
두발로 하늘을 받쳐 든
智能 있는 萬物의 靈長 아닌가
한낱 잡초도 싹 트고 자라
꽃피고 열매 맺으련만
사람(人間)이 어찌할 바를 모르겠소
기왕에 우리 사람 탈 썼으니
사람으로 살아갈 재주(方道)를 배워
人間의 책임, 근본 道理 다하여
열매 맺음으로 서로를 사랑하고
감사한 마음으로 베풀며 살아갑시다

감자 구워 먹는 맛

쇠똥 불 헤치며
구워 먹는 감자 맛

王師니 國師니
내 알 바 없소

게을러 콧물도
못 닦는 주제에
내 어이 道를 알겠소

묻지를 마소
묻지를 마소

-고려 보조국사 나옹스님 지으신 글

향산거사 백거이 시성을 그리며

시성께서 이승 떠난 지 벌써 일천사오백 년
당신이 살아생전 읊으셨던 선시에 홀려
머나먼 한국에서 온 이순 넘은 나그네 절 받으시오
시향 좇아 향산 찾으니 용문 강은 유유히 흐르건만
시성 모습 뵈질 않고…
잡목 우거진 묘만 있어 찾은 이 오히려 숙연합니다
당대 하늘과 땅 오가는 심정으로 읊었을
장한가와 비파행 비록 들을 수는 없어도
석벽 흐드러진 문향 맡을 수 있으니 다행 아닌지
천하일색 양귀비와 현종이 나누었을…
저승까지 그리도 애절한 사랑이 있었기에
석굴 앞 한 잔 술 취해 시 한 수 노래했을 시성 모습…
이름 없는 한 나그네 바람 따라 강물 흘러가듯
머리 숙여 그냥 왔던 자리 찾아갑니다 영원하소서

6부

죄와 벌

청남대(淸南臺)

게 섰거라~ 이놈
거기 가는 길손 이놈!
가는 곳이 그 어디냐

발걸음은 천근만근이요
두 푼 세 푼 오방색
앞선 자 그 누구며
따르는 자 누구더냐

바람 친구 어미 생각
달님 친구 고향 생각
사는 동안
우물물에 침 뱉지 않았더냐

함께 가야 할 길 다 잊어버리고
가슴에 핀 꽃 꿀 향기만 찾아
눈 감고 귀 막아야만 했던

부정부패 썩는 냄새가
바람 따라 천지를 진동하고
허송세월 살아왔던 시절

민초들 피눈물 원성이 높구나
민들레 꽃씨가 하늘을 난다
저 높은 하늘을 머리에 이고 살라

충정(忠情)

하늘이 天地를 創造 하고
그 또한 萬物을 蘇生 하듯
크고 작은 마음의 中心이
한 나라 한 겨레에 임하고

世世에 온갖 苦惱 逆敬
우뚝 딛고서
上下 간 전체 합심
참된 大義를 살찌운다

끓어오르는 情이 충천
온 누리에 빛날 때
가는 곳마다 榮光이요,
光明, 勝利 있어라

살아서 鬪魂,
죽어서 報國
이 몸 바치리…

빛바랜 슬픈 통일

이글거리는 태양의 그늘 아래
힘없이 죽어가는 숱한 주검들…
수없이 짓밟힌 돌 틈 사이 잡초처럼
구름 사이 비추는 희미한 달빛처럼
까만 밤하늘 찬 이슬에 목축이며
꿈틀꿈틀 되살아나는 기억처럼
그리움마저 희망마저 잊어야 하는가
양지의 빛바램이 음지의 기운으로
파랑을 빨강이라 물들이려 하는가
아! 슬프도다 빛바랜 슬픈 통일이여
아! 슬픈 추억의 그리운 통일 향기여
아! 잊혀져 간 슬픈 통일의 빛바램이여
동방에 솟아오르라 또다시 태양의 빛으로
7,500만 민족의 오래된 꿈을 품고
여명을 밝힐 통일의 꿈을 향해 나가자

이 땅에 진정 봄은 오는가?
—세월호 슬픈 기도

하늘이여! 천지신명 일월성신이여! 뼈아픈 슬픈 가슴을 어루만져 주소서
아! 하늘의 저주인가 땅의 노여움인가
2014년4월16일 아침 아홉 시, 바다의 신이 6,800톤급 여객선을 삼키었나이다
2010년3월26일, 우리 기억에서 서해 천안함의 비운이 가시기 전에
또다시 진도 조도면 동거차도리 앞바다에서 세월호가 침몰 되었나이다
아! 슬프도다! 슬프도다! 말할 수 없이 슬프기만 합니다
천안함 726호 46용사의 조용한 함성이 아직도 쟁쟁한데
국가의 총체적 부실 군마저 썩어 쿠데타도 없으련만
21세기 선진국 진입의 문턱에 있는 대한민국 맞는지 온 세상에 물어보고 싶소 어디에 물어도 물어도 대답해 줄 자 없으니
슬픈 가슴 멍울져 진 우리 민초들 미쳐 죽을 것만 같소 속 시원하게 대답이나 해주소
4대강 사업, 국정원 댓글 선거, 방공 무인기 잘 대처하는 것 같더니

민생 국정 내팽개친 여야 이권 다툼, 지역 패권 그 꼴이 이 꼴, 무슨 꼴이란 말이요

일말의 타협도 소통도 없는 무인 무치, 빈익빈 부익부, 유전무죄 무전유죄

경제 사기범 1일 노동의 대가가 5억 원인데 국민 최저 임금은 시간당 9,860원 대기업 임원연봉 30~40억 원인데 피땀 흘리며 일선에서 일하는 민초 연봉은 2천만 원도 못 되고 고위직은 부정, 부패 비리했다 하면 몇백억 몇천억 원인데 생활 빈곤자에겐 법규 질서 위반해도 벌금 과태료 부과에 재산압류 한다 공갈 치고 실업자 70만 명, 4년제 대학은 5~6년제로 변질되어 가는 실정이라 어느 하나 믿을 수 없으니… 국민이 군왕인 나라, 공직자는 혈세를 먹고 사는 공복 일진데 사라 없어진 공산 국가만도, 저 멀리 아프리카 소수민족만도 못한 우리가 사는 나라 진정 살기 좋은 나라 대한민국이 맞단 말인가

윤리 도덕 기초를 무너뜨리고 나만 잘살면 된다는 이기심 속에 살아온 우리들 충효를 위해, 국리민복을 위해 경계를 소홀히 한 모두의 잘못이리라

경계에 실패한 지휘관(책임자)을 포상하는 그 대가가 세계가 깜짝 놀라는 전대미문의 세월호의 선장을 만들지는 않았는지

어른들 말씀 잘 따라 움직이지 않고 자리 지켰던 순진하기만 한 수학여행 어린 학생들 끝내 피어 보지 못한 채 죽음으로 내몰았고 엄마 아빠 형제자매 삼촌 조

카 가슴에 한 맺힌 싸늘한 시신으로 차디찬 바닷물 속 깊이 묻지는 않았는지 우리 모두 스스로에게 묻고 또 물어볼 수밖에 없다

이제라도 홍익인간 건국이념 아래 도덕 재무장하고, 기본과 상식을 일깨울 수만 있다면…

살피고 살펴보자! 그리고 수신제가 치국평천하 진인사대천명이라

뼈아픈 변화 없이 살기 좋은 창조경제, 통일대박 없음을 명심 또 명심

우리 모두 새롭게 거듭나기를 다짐하고 다짐하며

뒤통수 맞고 뒷벽 치는 죽은 자의 영혼을 위한 기도보다는

산자의 위로와 우리 모두에게 아가페적 사랑을 스스로 실천해 보자,

우리 모두 합심하여 실의에 빠진 전 국민의 슬픈 가슴을 치료해 보자

하늘의 일월성신께 빌고 또 빌고 기원해 본다

우리 민족은 위기에 강한 백의민족이 아니었든가 슬픈 기도를 함께 드리자

잊혀진 5월의 향기

—5·18

지는 꽃잎
봄 자락이 섧다
실바람 타고
짙은 꽃 향 흩뿌리던
꽃의 계절 5월이 간다
활화산처럼
터져 나왔던 민중의
함성과 절규가 5·18 민주화의
설레는 사랑으로 다가와
죽은 자의 엷은 미소에
행복해했던 우리 민초들
이제는 머~언 하늘
바람 따라 구름 따라
세월을 좇아가고 있다
가쁜 숨소리
실록의 숲속에 뻐꾸기 울어
그들이 있었기에 우린 지금 희망이 있다

46勇士의 조용한 喊聲
—천안함

파도는 바다를 친다
그러나 말이 없다
나라 위해 散華한
忠情의 외침이 死者 魂 되어
바닷속 깊이 잠들어 있다
여보! 아들아, 엄마야
아빠야, 동생아, 전우 야를 외치며
울부짖든 喊聲들…
그대들은
부모 형제 자매의
설익은 잠을 깨웠고
부릅뜬 우리들 선한 눈동자에
피눈물을 적셨다
46勇士여!
지금도
차갑고 어두운 바닷속에서
울부짖는 喊聲은
영혼의 귓전을 때릴 터인데
아직껏 너희 眞實을
찾지 못하고 부끄럽다
너희 있어 우리가 있고,

조국이 있을 진데
살아서 鬪魂, 죽어서 報國
忠情 약속했을 지언데…
꽃다운 나이
그렇게 떠나신
그대 46勇士 英靈들이여!
오장육부 똥물 부스러기 훔쳐버리고
아!
실날같이 토해내는 조용한 喊聲
가엽다, 부끄럽다
千秋에 恨이 되어라
가슴을 친다
내가 진정 잘못했다, 미안하다,
容恕하라고 속죄하지만
아빠, 엄마, 사랑하는 당신,
누나야, 동생아 슬픈 함성이 있어
우리는 말할 수 없다
46勇士의 넋이여!
바다를 치고, 땅을 치고
하늘 향해 소리 질러도
沈默 속에 조용한 喊聲일 뿐…
조용히, 조용히
잊혀 지지 않을 기억 속에
祖國이 永遠하길 바랄 뿐…
부서진 天安艦 722號

46勇士의 영령 앞에
容恕를 빌고 책임 다하는
우리 모두 되길 바랄 뿐…
作戰에 失敗한 指揮官
용서받을 수 있어도
警戒에 실패한 지휘관
용서받을 수 없다는 敎訓 다시 한번 되뇌어 본다

팽목항의 슬픈 겨울

—세월호

어둠 깔린 초겨울 팽목항 앞바다
차가운 밤바람에 깜박깜박 등댓불만 외롭다
길게 줄지어진 수많은 노란 리본들
사그락~ 사그락 하며 슬픈 울음소리를 낸다
마치 울부짖는 넋이 되어
아빠야 엄마야 오빠야 누나야 동생아를 외치며
둔탁한 몸부림으로 살려 달라는 아우성이다
4·16 세월호의 슬픈 기억들
어찌 우리 모두 잊을 수 있을까
이제라도, 이제라도··· 다시는, 다시는···
시간의 흐름 속에 반성하고 용서를 빌자
차가운 겨울 팽목항 앞바다에
우리 모두 검은 옷깃 높이 세우고
두 주먹 불끈 쥐어보자
잊혀져 가는 세월호의 슬픈 기억을 불태워 보자

이태원 희생자들을 위한 기도

2023.10.29 달빛이 유달리 밝았다
음력 9월15일 밤 동녘 하늘에 뜬 보름달
경호라도 하듯 셋 별은 나란히 거리를 두고
노랗게 물든 은행나무 까만 그림자가 짙다
호루라기 휘파람 소리 앰뷸런스 소리마저
침묵하던 밤

독야청청 백송마저 까만 쟁반만 받쳐 들었구나
159명의 영혼이 살아 두 눈엔 눈물이고였는가
한 줄기 빛은 땅에서 하늘로 또 하나는
저 멀리 좌에서 우로 온 세상을 비춘다
휩쓸려 가슴 눌린 형제자매 손길 비명을 지르고
까만 아스팔트 위 뭉개진 차디찬 주검이 나뒹굴고
구름 없는 하늘엔 달빛 아래 살려달라 고함 소리뿐
애끓는 민중은 앵콜을 외쳐대며 박수를 친다
돌아오는 대답은 허망한 메아리뿐 지휘자가 없다
아! 이 밤이 지나면 붉은 태양은 떠오르겠지
진정 이 땅엔 사람은 있고 나라는 없다
우리는 오늘을 교훈 삼아 내일의 밝은 태양이길
빌고 또 빌고 빌어 주검을 위해 기도드리자

12·3 사태(2024년) 한밤중 계엄령

마른하늘에 날벼락이 친다. 한밤중 온 세상이 난리다.

국가의 안위와 국민의 생명 찬탈의 적대적 행위가 있을 때 선포하는 자유와 평화 그리고 선진을 꿈꾸며 잠자던 5,200만 대한민국 국민의 뒤통수를 후려쳤다.

북의 전쟁 도발 위험과 안보 위협이 없는 대한민국의 국민이 잠든 평온한 야밤에 대통령의 무조건적 체포, 구금, 사살, 처단을 지시했다. 그의 포고령에 따라 장갑차와 탱크, 총칼로 무장된 군홧발 아래 국회와 선관위 언론기관이 장악되어 국가 전체가 순식간에 마비될 위기를 맞았다.

대통령의 명에 따라 나라를 지키는 국방장관의 포고령에 따라 참모총장을 계엄사령관으로 하는 수방사, 방첩사, 경찰청이 움직였다. 야당 대표는 물론 국회의장, 여당 대표까지 체포하라는 지시로 군을 동원해 가며 국회를 점령 국민의 자유와 평화를 짓밟으려 했다.

그러나 국가권력 통수권자의 무능을 탓해오던 민주의 횃불이 탄핵으로 단결되어 이를 여지없이 박살내고, 무당들의 귀신 놀이에 두 눈이 멀고 귀머거리 된, 미치지 않고는 벌일 수 없는 홍두깨 계엄령을 저지하게 된 것이다.

우리 국민들의 선진화된 국민의식은 오히려 대통령을 권좌에서 끌어내리고 그 일당을 일망타진 처벌하여 대한민국의 자유민주주의 최선봉 국가가 되어가려는 진통을 겪고 있다.

그러나 아직은 국민 모두가 불안에 떤다.

그리고 갑론을박 탄핵 내란죄 처벌 찬성파와 반대파로 나뉘어졌다.

게다가 거짓은 거짓을 낳았다. 가짜뉴스에 현혹된 폭도 아닌 폭도들이 폭동을 일으켜 헌법기관의 최후 보루인 법원까지 침범, 건물 유리창 사무실 집기까지 박살 내고 심지어 합헌적 판결한 판사와 근무하는 직원들에게 생명의 위협을 가했다.

국민은 그 행동에 치를 떨었다. 또한 이러한 정치적 난세에 혹시나 북한 김정은이가 쳐내려오지는 않을까? 우군끼리의 교전은 벌어지지 않을까? 걱정과 불안 속에 근심의 나날을 보내고 있는 게 사실이다.

비상사태는 언제나 평온해질까? 국격이 말이 아닐 텐데… 10위권 우리 경제는 얼마나 추락할까? 자랑하던 한류 문화와 K팝, K방산은? 수출은 어찌 될까? 우리 서민 민생경제는 어찌 될까?

불안과 초조 절박감이 가슴을 얽매어 옴을 어찌하랴.

통탄스럽고 애통하도다. 비통하다 못해 슬프기까지 하다.

어찌하여 우리 대한민국은 이리도 한 맺힌 일들이 자주 일어날까? 아직도 하늘의 원한이 서려 있단 말인가? 아직도 조상의 원한이 서려 있단 말인가? 아직도 우리들 사랑과 우정, 은혜, 베풂이 넘실대는 선진국이란 꿈이었단 말인가? 아직도 1,000여 번 넘게 외친 서러움과 아쉬움을 몰라서일까? 자주 민주 평화 통일의 꿈은 영원한 꿈이란 말인가? 부국강병의 1등 제일 국가 건설이 폭풍전야 바람 앞의 등불이란 말이요, 동방의 횃불은 허구의 외침이었단 말인가?

외국의 외침을 들어보라.

'정상회담을 철회한다, 외교장관 회담도 보류한다, 환율을 인상한다, 안보라인을 재검토한다, 증시에서 외국인은 빠진다, 증시가 폭락한다, 한국의 정치 불안이 최고조다…' 하며 전 세계가 떠들어 대고 있다.

어려운 국민 민생경제가 더욱 어려워질 수밖에 없다는 불안에 국민 모두가 초조함 속에 하루하루를 보내야 한단 말인가? 가슴을 치고 땅을 구르며 하늘을 우러러 울부짖고 싶다. 하늘이여! 하늘이여!~ 계엄령을 선포한 대통령을 벌하여 주소서! 대통령 내외를 벌하여 주소서! 간절히 빌고 또 비옵니다.

변명 아닌 변명으로 일관된 소신이라 밝히는 모습은 더욱 가관이요. 온 국민이 탄핵 찬성이라 함성 부르짖지만, 끝까지 겁주려 한 계엄령은 통치권자의 합헌적 통치 행위라 버티어 보겠다니, 아! 어처구니없다는 말이 바로 이런 말이구나! 국민이 바보 천치인가? 늦어도 자진하야 하여 잘못 뉘우치고 반성하는 모습 보여준다면 그래도 자유민주 회복력 세계만방에 떨칠 터인데. 5·18 사건 12·12사건 역대 대통령들의 감옥신세 기억 못 하는 것인지. 한심하고 한심하도다.

신속한 탄핵, 강력한 처벌 반면교사되어 대한민국의 영원한 발전에 초석이 되기를 기원한다.

7부

꿈은 이루어진다

백두산아! 꿈을 펼쳐라

이제야 동방의 정상 백두에 섰다
내려 보니 과연 하늘이 빚은 백의민족의 성지
좌는 압록이요 우는 두만이라
너무 늦은 만남에 별빛 닮은 내 두 눈에
감격 이슬이 초롱초롱하기만 하다
발아래 솟구치는 강풍이 거세다
구름 속 간간이 천 길 아래 펼쳐진 천지수
사계절 쉼 없이 흘러 수십 길 장백을 이루고
저 멀리 발해, 연해, 만주 벌판을 유구히 품고 있다
압록강아! 백두산아! 두만강아!
광활한 벌판을 호령하며 달리던 말발굽 소리가…
장수왕, 문묘왕의 눈물 뒤에 광개토대왕의 함성이…
어찌하여 내 귓전을 때리는가
연길 연변 이도백하 고려인 조선족
우리말 노래하고 춤추는 아리랑 슬프구나
압록강아! 백두산아! 두만강아!
민초의 세월 북풍한설에 잠을 자고…
청일, 노일전쟁의 뒤안길에
일제 압박에 나라 잃은 설움에 해방 꿈꾸던
상해 임시정부 모습 연기 속에 그을렸는데…
독립을 부르짖던 선혈 핏자국 그리도 선명한데…

일송정 용문교의 "조국을 찾겠노라" 다짐 약속이…
"죽는 날까지 하늘을 우러러 한 점 부끄럼 없기를
모든 죽어가는 것을 사랑해야지" 하던 윤동주가 있고
발해, 연해주, 만주를 징표한 광개토태왕비가 있는데
뙤놈, 오랑캐 동북공정 근성이 붉은색 덧칠하는지라
남북한 위정자들이여! 고하노라! 고하노라
그대들은 원통하지 않은가? 후손에 부끄럽지도 않은가?
남에 의해 잘려진 남북 분단의 설움 분할 진데
오가지도 못하는 휴전선 버려두고
당파와 정쟁이라 겨레에 대한 반역이요
가는 길 조국 멸망의 지름길이라
이제라도 두 눈 부릅뜨고 제 갈 길을 찾아가라
한마음 한뜻 모아 고려인 조선족 두 번 죽이지 말라…
백두산아! 정기로 꿈을 펼쳐라! 꿈을 펼쳐라
남북이 하나 되어 우리 조국 지킬 수 있도록,
5천 년 단군의 역사 동방의 횃불로 영원한 꿈을 펼쳐라

독도여! 하늘의 새 창을 열라

5천 년 역사의 탯줄이 묻혀 있는 곳
7천만 민족의 서기가 용트림하는 곳
누가 그대를 외로운 섬이라 했던가
누가 그대를 돌섬 죽도라 했든가

백두와 한라가 두 팔 벌려 동해의 중심에
태곳적부터 심어 놓은 대한의 심장을
아버지 나라라 섬겨도 부족한 터에
노략질 일삼던 왜놈 망언을 일삼고 있으니

하늘도 놀랄 현대판 해적 섬나라 근성
이제는 일렁이는 성난 파도 소리 자장가 삼아
백의민족 자존심으로 태평양 지키는
이정표 나침판 되어 영원한 혼불을 불사르리라

대한의 섬 민족의 섬 독도여! 조국의 첨병 독도여!
오! 나의 사랑하는 섬 조국의 산하 독도여!
하늘과 땅 바다에 일월성신이 함께하는 독도여!

이제 동해 넘어 태평양 어우르는 대한의 심장으로
미래 삶의 터전 밝혀줄 희망의 등불을 켜라
독도여! 동해에 우뚝 솟은 기상으로 하늘의 새 창을 힘차게 열라

가야! 천년의 잠에서 깨라

어머니의 자장가 소리에 소곤소곤 잠을 자고 있다
고을고을 정다웠던 사람들
새소리 바람결에 흔적 없이 천년이 흘러간 줄 모르고…
시뻘건 불꽃에 쇠를 달구고 무거운 쇠망치로 내리치던
철의 왕국 가야 아기가…
백제 신라보다 머~언 뒤안길 숲속 구릉 위
茂朱, 鎭安, 長水, 任實, 함열, 김해 땅속 깊이에서 천년의 잠을…

어머니 자장가가 좋아서인가?
지금도 무왕의 미륵 불심과 춘추의 말발굽 소리가 싫어서인가?

바다와 대륙에 철기를 심어준 가야의 어머니여!
잠든 아기 깨워 주소서 자장가 소리 그만 그쳐 주소서
이제 슬프고 슬퍼 눈물이 복받쳐 오릅니다
어머니! 이제라도 달덩이 환한 미소 보여주소서
그 모습에 하늘과 땅은 진동하고 춤춰 오리다

목 떨어진 토기 녹슨 쇳조각 하나가
당신의 아기 아니지요?
이제 볼기 한 짝 두들겨 몸 씻고 용트림하게 해주소서
용솟음치는 생명력에 땅의 기운 더하여
가야 이름을 하늘에 고 하소서 그리하여
천년의 잠에서 깬 가야가 여기 있었노라고
그리고 네가 있어 고맙다 하소서

온천지 방방곡곡에 우리 아들 가야가 새로 태어났다
고백하소서 그리고 새 역사를 쓰소서

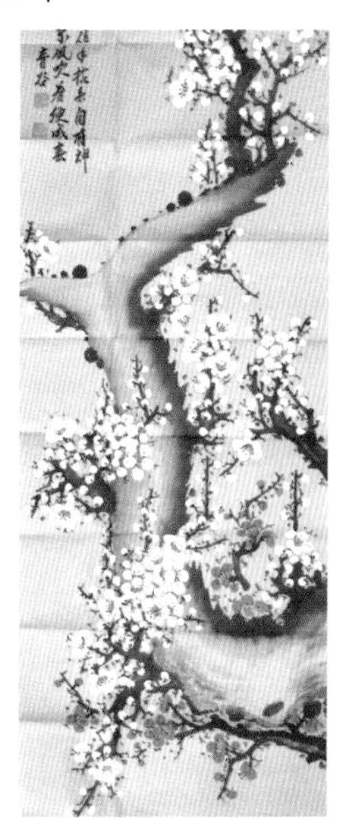

사라진 하늘 도시 마추픽추

태양의 자손이라 태양신을 숭배했던
마추픽추의 잉카인들이여!
신대륙 개척자들 침략으로
총칼 앞에 도륙당하고 난도질당해
한 많은 미라만(175구) 남겼구려
그리 많던 황금덩이 다 약탈당하고
그 모두 하늘로 사라지고 말았으니
신천지 발견 빌미는 악의 침략 술수일 뿐
살생과 거짓은 용서 없는 문명의 죄악
사라진 하늘도시 마추픽추여!
그대를 보고 정의 속에 숨긴
침략의 추악함 알았고 진리 알았네

*해발 2,300미터의 정상 험준한 계곡과 가파른 절벽에 기대어 숨어 잉카문명 흔적만 가장 완벽하게 남아있는 신비의 공중도시 마추픽추 1911년 미국의 '하이람 빙검'에 의해 세상에 알려져 한때는 금은보화가 어마어마하게 감추어져 있었다던 잉카제국의 마지막 도시 해발 3,740미터 안데스산맥 고원에 당시 잉카의 수도였던 쿠스코를 뒤졌음. 쿠스코의 '아르마광장'에서 '우르밤바' 거쳐 '오안타이탐보'서 기차 타고 기찻길 옆 '우르밤바강'을 따라 버스를 타고 가다 보면, 스페인 침략자들에 의해 금으로 만들어진 모든 궁전과 좌상들을 녹여 탈취하고 전염병 퍼트려 가며 원주민을 전멸시켰던 피의 역사가 숨어 있는 태양우상 신전의 도시

에, 지금은 스페인 식민시대의 유물인 성당과 관청들이 잉카의 주춧돌 위에서 당시의 흔적으로 남아 있는 것을 볼 수 있음. 문자가 없어 대신 '아마우타라' 하여 입에서 입으로 외워서 기억하였고 보조수단으로 '퀴프'라는 한 가닥 끈에 여러 가닥의 끈을 직각으로 매달아 색깔과 매듭의 숫자 모양 위치 등에 따라 의사소통을 해왔던 결승 문자가 있었던 도시였음. "깊고 깊은 계곡 위에 세워진 자연의 우주적 광경이다"라고 노래할 만한 안데스의 고봉들이 펼치는 환상적인 세계에서 보석처럼 꼭 끼워진 잉카인들의 가장 위대한 유물이라 할 수 있음. 마추픽추는 잉카제국 최후의 비밀수도라 함. 쿠스코에서 '우르밤바강(아마존의 원류)' 북서쪽 114킬로미터 정확히 해발 2,280미터 위치 '마추픽추인'들이 가장 태양신으로 신성시한 '마추픽추' 바로 앞 뾰족한 원뿔 모양의 산 '와이나픽추'을 보면 퓨마 형상을 하고, 좌측 3개의 작은 봉우리까지 합쳐서 보면 콘도르(독수리) 모양이라 하여 천상과 지상세계를 보여주는 신성시한 산이라 하였다 함. 마추픽추에는 1,200여 명이 거주하였다. 하며 200여 개의 건물 현재 있음(여자와 아이 신앙자 미라 175구 발견. 남자는 없음).

600미터 계곡 아래서 채취한 화강암을 손으로 올려 건물을 축조하였고 건물 지붕은 해발 3,500미터 이상의 고지에서만 자라는 '이추'라는 짚으로 덮었음. 공동마당 옆에 열 채씩 무리 지은 2층 돌담집 이외에 자연 식수를 돌 관로로 이용한 식수 공급, 3개의 창문이 있는 '안티와타나' 신전, 왕의 묘, 라마의 배설물 저장소 등이 있음. '아구아스깔리엔테스' 거쳐 시골 페루레일 주변에는 관광객들이 득실거림. 낡았으면서도 고풍스러운 맛이 살아 있는 석조 건물들이 많고 황톳빛 흙탕물이 급하게 흐르는 우르밤바강 변을 따라 '프에블로' 기차와 버스를 타고 하늘과 산이 맞닿아 있는 '오안타이'는 마추픽추로 들어가는 신성한 길목이면서 전략요충지라 알려져 알파카라우 영혼의 표현 속에 성스러운 관광 명소라 함. 잉카제국은 12세기 초 '만코 카팍'에 의해 건설되어 16세기 에스파냐의 정복자 프란시스코 피사로가 200여 명의 군사를 이끌고 잉카제국의 수도 '푸스코'로 쳐들어와 잉카인들을 무차별 공격 잉카인을 전멸 제국을 멸망시켰음.

수중도시 탄생과 하늘을 나는 인간의 꿈

현대는 100세 인생 시대라 하지만 저자는 70 중반에 접어든 노인 그룹에 속하는 한 사람이다.

노인네가 해괴망측한 주장을 한다 해도 할 말은 없겠으나, 꿈속에서 우주의 질서를 보았고 하나님의 나라와 숱한 불보살 세계를, 그리고 4차 혁명 시대, 양자이론 시대에 AI 인공지능 3D프린터 기술을 이용한 장기 재생, 출력 이식, 유전자 조작을 이용한 기존 인간과 완전 다른 인간의 출산 아닌 생산의 가능성이 현실화되어 가는 포스트 휴머니즘 시대가 도래하였음을 간과하지 않을 수 없다.

오늘날 과학이 새롭게 발전해 가는 현실 속에서 미래 세계를 내다볼 때 물속에서 숨을 쉬고 헤엄치며 살아가는 수중도시의 탄생과 날개를 달고 푸른 하늘을 나는 우주 공간도시에서 살아가는 인간의 모습을 그려 보고자 함이다.

우선 결론 예측을 위해 우리가 살고 있는 지구의 모순과 현실 세계의 불합리성을 살펴보면 그것은 다음과 같은 원인에서 찾을 수 있다.

1. 지구 온난화와 자연재해로 바이러스 전염에 의한

인류 멸망 우려

2. 인구 증가 대비 자원 부족으로 인한 3차 세계대전 상시 발발 가능성

3. 인간 욕심으로 인한 빈부 격차와 인종차별. 예측불가 동시다발 폭동 우려

4. 1% 집단 세력의 음모론적 돌파구 찾는 일루미나티의 미래 세계

창조론에 기인한 기독교 사상에서 하나님 불신자들이 있는 한, 기독교에서 주장하는 종말론은 실현되지 않을 것이며 종말이 오지 않는 한 수많은 신들을 존재할 것이기에, 어차피 여러 신앙이 인간중심으로 발전해 나가야 할 것이라 보여진다.

불교 교리의 기본이 되는 천상천하 유아독존의 외침은 소승불교 대승불교를 떠나 "조견오온개공 불생불멸 불구부정 부증불감시고"라 하여 "우주가 과학 아닌 것이 없는 연기론에 따라 인과응보를 받으면 될 것 아닌가?" 하고 주장하는 사람들도 있다.

어떻게 보면 사람 사는 세상은 세속의 중생이든 하나님을 따르는 신자이든 사는 것은 모두 같다. 그러면서도 우리 인간의 미래는 평등하고 모두가 행복하게 잘 사는 것이 꿈이 아닐 수 없다.

이러한 인류 공공의 목표는 지구 종말이 오지 않는 한 같을 것이며 그 길을 향해 나가야 할 것이라 가정해

보는 것이다.

그러나 달리 보면 세상은 바보 천치들의 집단이고, 사회이고, 국가들이며 세계는 그들 미치광이 인간들이 살아가는 우주 행성의 한 덩어리에 불과하다.

온갖 사람은 몰라서 못 하는 것인지 알면서도 책임을 떠넘기려 하는 것인지 인류의 근본 생존 목적을 잃어버리고 불평등과 불안한 요소들을 알면서도 "누가 하겠지", "나는 그냥 있으면 돼" 하고 방임하는 것은 아닌지 모르겠다.

이미 기존 조직들은 권력과 돈에 눈이 멀고 귀가 막혀 버린 지 오래고, 가진 자는 가지지 못한 이들의 피와 땀을 핥으며 저승사자처럼 목숨마저 앗아가려 거짓을 정의로 위장하고, 위정자들은 갈수록 패거리 집단화되어 민생을 핍박시키고만 있으려는 경향이 있고 또한, 패권국가의 위정자들은 자국의 이익만을 위해 "핵전쟁도 불사하겠다" 하며 으르렁대면서 그 가운데 소수의 평화 민족주의 국가들을 침략 갈취하고 있으니, 자연 생태계의 존립은 고사하고 최후에는 식인 주의자들이 출현하지 않을까 '우려'되기도 한다.

인간의 욕심이 차고 넘쳐서 지구가 황폐화되고 지구의 온난화가 대기층을 파괴하여 태양 빛이 직사된다면 공룡이 전멸되었던 냉각기 시대가 문제가 아니라 지구라는 행성 자체가 폭발되어 없어져 버릴 것이라는 '생각조차 하기 싫은 상상'이 펼쳐지기도 한다.

빙하가 녹아 바다 수위를 높이고 바닷물이 뜨거워져 어류 생태계를 위협하고 지구는 뜨거워져 숲들을 불바다로 만들고, 바람과 구름마저 뜨거운 산성비를 내리고, 육지와 바다의 경계를 무너트릴 대형 지진과 화산 폭발, 쓰나미, 그리고 빈번한 허리케인 발생을 예상한다면 실로 어둠이 사라지고 별빛마저 볼 수 없게 되어 밝음과 어둠이 구별 없는 세상이 될 것이리라

지구에는 현존 안전 조직인 UN을 비롯한 그린피스에 이르기까지 수많은 국제 평화협약기구들이 있지만, 머지않아 닥쳐올 지구의 끔찍한 위기를 생각한다면 세계 각국의 위정자들은 풀 한 포기, 나무 한 그루, 돌 하나도 소중히 다루어야 할 것인데, 개발 명목의 현란한 '그랜드 마크식 개발'을 계속하는 실정이다. 자연재해 없는 신소재를 활용하고 강력하고 철저한 자연보호 정책으로 자연보호에 의한 AI 시대의 지능 인식 로버트에 지배당하지 않는 양자이론의 미래를 살아갈 수 있는 인간으로서 지구를 지키며 온 인류가 공존하는 지구 평화를 갈구하여야 할 것인데 말이다.

따라서 예측되는 미래세계를 살아가기 위해서는 지구의 70%가 바다인 점을 이유로 바닷속에 사람이 살

아갈 수 있는 '수중도시'를 건설하고 사람도 허파를 개조하고 부레를 장기에 부착하여 물속에서도 숨을 쉬며 자유롭게 헤엄칠 수 있는 '인어 인간'으로 재탄생시켜야 할 것이며, 또한 우주공간에도 '하늘도시'를 건설하여 공간을 자유롭게 날며 살아갈 수 있게 하여야 할 것이다.

물론 하늘과 바다에는 크고 넓고, 높고 깊다는 점을 고려하여 사람이 먹고살 수 있는 '하늘농장'과 '수중농장'도 만들어야 할 것이다.

끝으로 어이없는 한 노인의 꿈을 미래 세계에 대비하여 하나의 가설로 세우고 인류가 살아갈 수 있는 "제2의 행성은 우주 어느 곳에도 없다"는 각오로 각계에서 연구가 지속적으로 활발히 동참하기를 기대하는 바이다.

아침을 여는 새벽 산길

꼬끼오 꼬끼오… 멀리서 들리는 닭 울음소리
가족들 새벽잠 깰까 봐 어둠 속 주섬주섬 옷 챙겨 입고
사립문을 나섰다
논길 지나 시냇물 건너니 새벽 공기가 무척 신선하다
얼마만큼 갈대숲과 솔숲 헤치니 나의 인기척에 푸드득 하고
이름 모를 산새 날아오른다
깜짝 놀라 발 멈추고 급한 호흡 잠시 다시금 벼랑과 바위틈 비집으니
손에 낀 실장갑 운동복 바지 이슬땀 흠뻑 젖는다
멀리서 산비둘기는 구구구~ 울고 밤새 잠 못 잔 부엉이 부엉부엉
가까이에 잠 깬 들쥐인지 토끼인지 부스럭~ 부스럭한다
가시 덤 풀 헤치며 산 중턱에 다 달았을 즈음 주변에 안개 시야 가리고
새벽 향기 더욱 진하다
어느덧 눈앞에 나타난 산등성이 어렴풋이 펼쳐지고 먼발치 아랫마을
가로등 하나둘 꺼져 가는 모습 보이며 동녘 하늘엔

붉은빛 타 오른다

먼동이 트러나 보다 황홀하다 참으로 상쾌하고 기분이 좋다

항상 정상은 정복자의 성취감을 맛보게 한다

누구나 느낄 수 없는 나만의 행복함이다 심호흡 수차례 콧노래 부른다

야호! 야호! 메아리 되돌아 오면 또다시 야호! 야호!

아 목동들에 피리 소리 들은 산골짝마다 울려 나오고…

큰 소리로 노래도 하고 아 아 아 아 아~ 도레미파솔라시도~

도시라솔파미레도~ 목청도 가다듬는다 군에서 터득한 도수체조도 해 보고…

정말 상쾌하다 몸이 가볍다 날아갈 것만 같다

솟아오르는 동녘의 아침 햇살 아름답고 경이롭다

자연의 신비 그 누가 감사하다 생각지 않으랴

어둠 헤치고 솟는 웅대함이 있고 찬란함이 있기에 세상은 영원하리라

그리고 내일이 있고 희망이 있으리라

나는 아침을 여는 새벽을 사랑하고 싶다

따르르 딱딱 따르르 딱딱~ 아침 새 잠에서 깨려나 보다

하산길 발걸음 더욱 가볍다 투닥~ 투두닥 내리막길은 뜀박질이다

꼬불꼬불 산등성이 내달음친다 젖은 땀 다시 이슬 흠뻑 젖는다

미끄러지고 부딪치고 헛발 디뎌도 향기로운 새벽 공기에 몸이 힘들지 않다

이 모두 즐거운 하루를 맞이하고 있기 때문이리라

논길 밭두렁 지나 졸졸 흐르는 시냇물에 얼굴 닦는다

도랑물이 모인 저수지 신이 데워 주시는지 물안개 솔솔 피어오르고

시골 모퉁이 우물가 아낙네들 서성인다

새벽잠 없는 동네 어르신네들 마주치면 안녕하세요! 좋은 아침입니다

오늘도 산에 다녀오시나? 서로 인사를 한다 아침을 여는 새벽을 위해…

아침을 여는 새벽을 위해… 새벽 산길을 오른다

전작권(戰作權) 환수에 관하여

故 박정희 대통령, 월남파병, 고속도로 건설, 자주국방, 한강의 기적, 부국강병의 길을 달렸다.

전두환 노태우, 김영삼, 김대중, 노무현, 이명박 전직 대통령들 경제 대국을 위해, 전작권(戰作權) 환수를 위해 노력도 했다.

실로 戰作權(전시작전권) 환수를 위해 얼마나 많은 시간과 많은 이의 노력이 필요했던가 전작권이 환수되어야만 명실공히 자주국방의 길로 들어서기 때문이었으리라.

물론 자주국방 능력이 부족하여 아직은 미국에 의지하며 시간을 벌며 국방능력을 갖추어 나가자는 말에도 일리는 있다.

그러나 조금은 부족해도 스스로 부족한 부문을 보강해 나가려는 자주적인 노력이 더욱 중요하다고 필자는 생각한다. 왜냐하면 스스로 국방 능력을 키워 나가는 것이 미래지향적인 면에서 시행착오도 줄일 수 있고 나름대로 남북 대처 능력도 동시에 키워 나갈 수 있을

뿐만 아니라 크게 보면 소요 예산의 절약, 그리고 능력 강화 기간의 단축을 가져올 수 있기 때문이다.

미국으로부터 戰作權을 환수한다고 해서 핵우산 능력이나 전시 합동 작전이 지연될 수 없을뿐더러 태평양 방위 전략상 한국의 방위는 미국, 일본의 전초기지 역할을 하고 있다는 점을 간과할 수 없으므로 그들의 양보는 양보가 아니라, 사실상 한국에 戰作權을 이양하고 한국 방위의 중요성을 더욱 강하게 인식시키고 있음을 각인시켜야 옳았을 것이리라.

이러한 대책은 미국으로부터의 더 큰 의미의 지원이나 협력 관계를 맺어올 수 있고 또 그것을 이유로 그렇게 할 수밖에 없다는 사실을 알게 해야 했기 때문이다.

戰作權을 환수함으로써 북한으로서는 우리 대한민국의 경제력이나 국방 의지를 돋보이게 할 수 있었을 것이고, 꼬여있는 남북관계에 있어서도 더욱 주도권을 가진 유리한 입장을 가져올 수 있었지 않았을까 하는 생각도 있다.

잘못하면 戰作權 환수 기간이 약정대로 무기 연기된다면 자주국방은 요연해지며 미국의 종주국 관계가 지속될 것일 뿐이고 국방예산은 예산대로 신무기 도입을 이유, 대한 방위 목적의 미군 주둔비용을 이유로 한 무

제한적이고 지속적인 국민의 혈세가 투입될 것이 분명하기 때문이다.

이렇게 된다면 과거 백제 의자왕이 당 태종에게 항복 시 지방 장관이었던 옹진 성주의 꾐에 빠져 이끌리다시피 끌려 나갔었던 역사적 사실과 일제강점기 국권 피탈의 주역이었던 이완용같이 나라를 송두리째 팔아먹었던 친일파 매국노들의 유사한 사례가 발생하지 않는다고 장담할 수 있겠는가. 의심의 여지가 없다 할 것이다. 잘못하면 현 위정자들(戰作權 환수 무기 연기에 동조한 사람들)은 자주독립을 위해 목숨까지 바쳐가며 중국에서, 만주벌판에서 나라 찾기에 심혈을 쏟아부었던 선조님들(이준, 안창호, 이순신, 유관순, 전봉준, 4·19와 5·18 의거 열사들)에게는 어떻게 무슨 모양으로 비칠까? 그리고 우리 후대에는 어떻게 비교될지 심히 의문이 들 수밖에 없는 것이다.

어쩌면 우리 대한민국은 戰作權 환수 시기가 자주국방의 기틀(자체 핵개발 등)을 다지고 새로운 국운을 맞이할 수 있는 역사적 호기가 될 것이라는 점, 모든 국민이 쌍수 합장으로 환영하고 진정한 자주독립의 국위를 세계만방에 떨칠 기회라는 점, 국민 모두의 통합된 단결을 가져와 가슴 뿌듯한 통일조국의 희망을 가지고 세계 일등 국민으로서의 자부심과 행복감을 누리며 살게 될 것이라는 점을 상기하여야 할 것이다.

필자의 주장이 허무맹랑한 주장으로 보일지는 몰라도, 참으로 戰作權의 무조건적 무기 연기 협약은 사안이 사안인 만큼 시간을 가지고 국민 투표를 해서라도 국민 다수의 여론을 모아 결정할 수 있었을 터인데, 그렇게 하지 못하고 정치적 이유만으로 서둘러 협약을 결정한 점이 못내 아쉽기만 하다. 현재 戰作權 환수가 무기한 연기되었다 해서 달라진 게 뭐가 있단 말인가? "무기 수입이다" "MD 구축이다" "핵 확산 억제정책 강화다" 하면서 국민을 유혹하고는 있지만, 여기에 고질적인 첨단기술 유출, 무기 구매 비리까지 만연되는 부정부패의 방패막이 역할만 하고 있음을 전 국민은 개탄해 마지않고 있음을 상기할 때, 문자 그대로 자주국방 시기만 무기 연기되어 진 게 아닌가 생각될 뿐이다. 따라서 위정자들은 戰作權 조기 환수가 작금의 시국에서 부정부패를 뿌리 뽑고 쇄신하여 다시 한번 민족중흥의 국가적 통일 대박에 기초가 될 수 있다고 일부분 공감한다면 이제라도 신중히 재검토, 조속히 환수할 것일 것을 덧붙이고 싶다. 戰作權이 환수되는 날은 비로소 완전한 독립을 맞이한 것 이상의 기쁨으로 대한민국에는 거국적인 축하 퍼레이드를 하게 될 것이리라 확신하는 바이다.

사람이 자연과 함께 살아야 하는 이유

하늘은 맑거나 구름이 끼어도 구름은 바람 따라 흘러가고 해와 달은 뜨겁거나, 차게 하여 만물의 생명을 움 틔우고 자라게 하며 꽃 피우고 열매를 맺게 한다. 이 모두는 대자연의 진리요 이치다.

곧 지구는 만물이 살아가는 우주 속 하나의 행성이요 인류가 살아가는 '삶의 터전'이라 할 수 있다. 날짐승 길짐승 모두를 먹이고 살리며 사람마저 악인 선인 가리지 않고 서로 포용하며 살라 가르치고 있다.

이대로의 자연이 얼마나 좋은가? 천상이 따로 없고 하늘나라 지상낙원이 바로 이곳이 아니던가? 비가 오고 눈이 오고 아무리 덥고 춥다 하여도, 춘하추동 사계절이 있고 산과 바다가 있어 창공에는 새들이 날며 물에는 물고기가 헤엄치고 사랑 찾는 풀벌레, 새 울음소리, 벌 나비가 날으니 이 얼마나 좋은가. 1억 6천만 년 전부터 인류가 살아온 터전이요, 세세손손 미래 꿈을 펼칠 희망의 안식처이기 때문이리라.

만물의 영장 어찌 자연을 사랑하지 않을 수 있으랴.

사람들은 무엇을 위해서 사는가? 오늘만 살아보겠다 발버둥 친다고 영원히 살 수 있을까? 어떻게 사는 것이

옳고 소중한지 자연 속에 묻혀 자연과 함께 살다가 자연으로 돌아간다는 삶의 진리를 안다면 자연이 얼마나 소중한 것임을 모를 리 없을 것이요, 삶은 영원한 것 같아도 과거와 미래는 현재 순간에 머무는 것이요, 우주 속 하나의 티끌에 불과한 것. 사람이 산다는 게 무엇인가? 일평생 분노하고 욕하고 삿대질하며 치고, 받고, 온갖 욕심 속에 어느 때는 상처 주고 심지어 살인까지 하는 약육강식 동물 중 인간만이 상대를 죽이는 가장 비굴한 미물에 불과하다는 것임도 깨달아야 할 것이다.

석가나 예수, 소크라테스, 노자, 공자의 사상과 종교적 철학 그리고 안네르싼데스 이후 호모사이언스, 현대 인류 변천사까지 생물학적 진화 과정을 살펴본다 해도 최근 15,000년 전의 신전이 기하학적 건축 기법에 의거 형성된 것이라 밝혀진 사실에서 밝혀졌듯이, 따지고 보면 지금까지의 인류 역사는 지구 역사상 토막 난 한 시대 시간 흐름의 과정일 뿐이기 때문이다. 또한, 1억 년 전 공룡이 살던 시대 이전에 이 땅에 생존하고 있는 셀 수 없이 수많은 동식물이 초기 미생물 발현 이후 그들 나름대로 태양의 햇빛과 산소, 질소, 이산화탄소, 물, 공기를 양분 삼아 생존해 왔다는 것을 보면 인류시대 이전 또 다른 생물이 지구상에 주류를 이루어 살던 시대가 있었음도 간과해서는 아니 될 것이며, 어떻게 보면 우리 사람들은 우주 역사상 짧디짧은 한순간의 시간을 지나고 있다고 생각할 때 이 시대를 살아가는 미혹한 한 동물의 종에 불과하리라.

20세기 들어 최근 사스나 에이즈, 신종플루, 코로나19에 이르기까지 예기치 못한 바이러스에 의한 인체감염은 치명적인 질병으로 확산할 수 있음이 이를 증명하고 있다. 인류 과학에 의한 발전과 더불어 살아가는 생활 속에서 산업 쓰레기의 폐해는 물론 오염물질에 의한 공기와 물에 이르기까지 오염으로 파괴된다면 과연 사람만이 살 수 있게 될 수 있을까? 현재보다 높은 빌딩이 숲을 이루고 휘황찬란한 형광등, AI 자동 로봇에 의한 편리함, 윤택한 생활을 하여도 현재보다 잘 살 수 있다 보장할 수 있을까?

자연 파괴를 제한하고 생태계를 보호하며 파괴된 자연을 회복하는 운동을 범지구적 실행에 앞장서야 할 때인 것이다. 아마존의 밀림이 없어지고, 빙하가 녹아 수면이 상승하여 저지대 국가가 해수면 아래로 가라앉고, 이 땅에 눈 없는 히말라야 고봉이 나타나고, 빙하 없는 남극과 북극, 기온상승으로 인한 사막확장, 오존층이 파괴된 대기권을 상상한다면 실로 새로운 시대가 도래하기 전, 3차 세계대전 핵전쟁이 문제가 아니라 인간 스스로 지구멸망을 초래하고야 말 것이리라.

인류 생성 이전의 다른 시대가 있었고 현 인류시대 이후의 또 다른 시대가 도래할 것임은 불을 보듯 뻔하다. 기후 위기는 사람이 만들어 내는 필연적인 재앙이다. 화석연료의 사용량 증가와 자동차 매연, 인화물질의 양산, 높아만 가는 고층 건물, 일회용품 사용의 증가, 대형유조선과 유전의 기름유출, 개발 빙자한 무자비한 밀림 파괴, 플라스틱 상용, 무질서한 소비문화, 쓰레기 투기 등은 피부에 와 닿는 전조현상이라 할 수 있을 것이다. 여기에 교통수단의 발달과 관광인구의 증가, 이로 인한 죽음의 바이러스 발현, 질병 전염확산은 사라진 하늘도시 마추픽추와 같이 전설적 재앙을 얼마든지 초래할 수 있다는 것이다.

6,500만 년 전 유타카 반도에 충돌한 소행성 충격으로 공룡이 멸종되었던 것처럼 한순간 인류도 멸망할 수 있지만, 이러한 천재지변을 제외하고 나머지는 지구의 주인인 인간 스스로가 이를 예방할 수 있어야 한다. 사람은 자연과 더불어 살아갈 수밖에 없음을 깨달아 "사람이 살아갈 제2의 행성은 우주 어디에도 없다"는 것을 기억하면서 우리 사람들은 자연 그대로를 사랑하며 사랑스런 자연의 품에서 살아야만 하는 이유를 다짐해 보는 것이다.

전근표 시인이 펴낸 시집들

제1시집

『아버님! 하늘나라 그곳에도 꽃은 피었나요』 한국시사, 2009

손수 초가 삼칸 집 짓고
사립문 엮어 달며
십이 남매 날개를 키우면서
사랑과 우애를 가르치시던 아버지

제2시집

『사랑합니다! 아버지』

한솜미디어, 2013

사는 동안 참회로
남은 삶 베풀고 감사하며
사랑할 수 있다면

제3시집

『꿈의 노래』

도서출판 띠앗, 2017

네가 좋아 내가 서로 좋아
주는 것 없이 받기만 하는
네 모습에서 행복을 가까이 본다

제4시집
『하늘을 머리에 이고』
신아출판사, 2019

사람 산다는 게 별거야
시시때때로 번져오는
하늘의 말씀을 귀담아 듣고
지상에 사무치며 흐르는
바람결에 몸을 맡기는 거야

제5시집
『별빛 소나타』
가온미디어, 2020

담을 수 있다면 한 움큼
그대에게 보내고 싶다
구멍 뚫린 양철지붕으로
소리 없이 내려
구석진 곳 어둠이 환하다

아기 새 한 마리

전근표 지음

발행처 도서출판 청어
발행인 이영철
영업 이동호
홍보 천성래
기획 육재섭
편집 이설빈
디자인 이수빈 | 구유림
제작이사 공병한
인쇄 두리터

등록 1999년 5월 3일
(제321-3210000251001999000063호)

1판 1쇄 발행 2025년 3월 20일

주소 서울특별시 서초구 남부순환로 364길 8-15 동일빌딩 2층
대표전화 02-586-0477
팩시밀리 0303-0942-0478
홈페이지 www.chungeobook.com
E-mail ppi20@hanmail.net

ISBN 979-11-6855-319-4(03810)